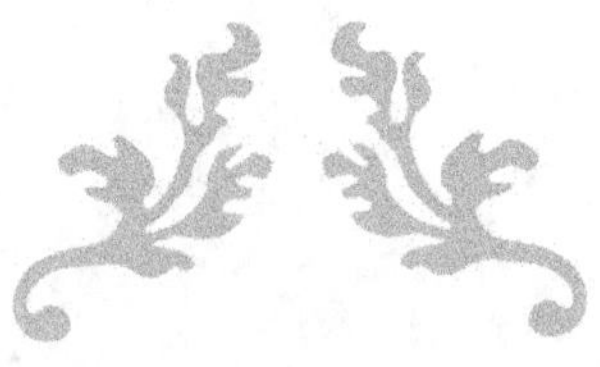

ENTRETIEMPOS 2

Relatos de suspenso para la espera.

2021

CLAUDIO M. GONGORA

México

TURBULENCIA

La cabina del avión se sacudía violentamente. Hacía sólo unos segundos que las risas inundaban el ambiente y ahora sólo había miedo y silencio que era frecuentemente roto por los movimientos de la aeronave. En su asiento, inmóvil, un hombre permanecía con los ojos cerrados casi en estado de meditación, en silencio con una leve sonrisa dibujada en el rostro. La despresurización transformó el cerrado espacio en una comunión apocalíptica de gritos, sollozos y llanto, que se agudizó cuando una gran sacudida hizo caer las máscaras de oxígeno del techo del avión.

Plegarias de todas las religiones se escuchaban, mientras el hombre seguía sonriendo. Ningún sobresalto visible. Respiración lenta y pulso calmo. La sensación de caída libre era pavorosa y todos los cambios que aumentaban el terror de los demás pasajeros parecían no solo no afectar a aquel hombre que sonreía sino aún más complacerlo.

Sólo fueron unos segundos y en escasos minutos la aeronave había aterrizado con aún gran conmoción en su interior cuando la escotilla se abrió dando paso a personal del aeropuerto. Los pasajeros se encontraban petrificados, viéndose entre ellos con lágrimas en los ojos y el corazón casi estallándoles el pecho.

Es entonces cuando aquel hombre finalmente abrió los ojos, con toda calma desabrochó su cinturón de seguridad y se puso de pie. Tomó su equipaje y caminó el pasillo hacia el frente del avión donde nadie le prestaba atención. Con sorpresa la tripulación del avión recibió una cordial despedida y salió caminando por el pasillo conector del aeropuerto, demostrando cómo la mente puede transformar el infierno en un paraíso y viceversa.

Tuve un sueño del cual desperté con la duda de su significado o de su mera existencia. Tal vez el recuerdo del futuro o del pasado, pero con la memoria inconsciente de la absoluta realidad.

No puedo precisar cómo me hice de él, pero al tener en mis manos una gran cantidad de libros listos para la donación después de la limpieza anual, lo encontré, con la cubierta más brillante del lote. Al hojearlo las páginas de color marrón claro y con aroma polvoso sólo mostraban caracteres desordenados e incomprensibles que es ese momento sólo parecían una novedad algo entretenida, lo suficiente para regresarlo a la estantería.

El día entero pensé en el pequeño libro rojo, o cuando menos lo que pareció el día completo y al regresar a las actividades del día, como un autómata fui atraído a buscar el librillo rojo el cuál no estaba donde lo había dejado. Dudé el haberlo donado. ¿Había existido realmente?

No es extraño para mí perder u olvidar ciertas cosas repetidamente durante el día. No pensé más entonces en el libro rojo hasta encontrarlo en mi mesita de noche con un separador justo en la página donde esos caracteres desordenados ahora formaban grupos en pares, tercias y demás, que daban la impresión de ser palabras indescifrables. Me acababa de acostar o más bien me había despertado. No sé bien como me encontraba, pero leía y leía aquel librillo, hojeando todas las páginas con aquel misterioso código que me hizo olvidar el aroma polvoso. Encontraba fascinado, patrones que me hablaban. Cayó de mis manos y la habitación estaba obscura, el sobresalto del ruido al caer me hizo, no sé si despertarme o meterme a un trance más profundo. Caminé al baño a echarme agua en la cara, al querer secar el rostro el librito rojo estaba sobre el altero de toallas, ahora con una serie de letras latinas desordenadas en la portada. Aún con la cara húmeda hojeé nuevamente el libro que ahora tenía letras latinas desordenadas pero agrupadas en palabras sin orden específico. Aún sin coherencia.

Excitado regresé a la cama. Mi estado no era de alerta. Seguro era alguna ensoñación de las que muy comúnmente me sucedían. Seguía soñando. Sabía que era un sueño. Lo que no sabía era los límites de mi sueño. Soñaba soñando. Estaba fatigado. Mi respiración se hizo pesada y soñé más profundamente. Eso creo. Estaba entonces en la misma habitación. Esta habitación. Me levanté nuevamente al baño y tomé el librillo rojo. Ahora las palabras flotaban en las páginas. Sacudí el libro y las palabras se acomodaron en secuencia de pequeñas frases perversas y grotescas. Lo sacudí otra vez y ahora leía frases chuscas o inspiradoras. Me di cuenta de que con el dedo podía acomodar las palabras a mi entera voluntad, entreteniéndome con todas las palabras que podía acomodar, dándome cierta liberación de ver mis íntimas disertaciones escritas. Parpadeé y volví a estar acostado en la obscuridad y de un salto me dirigí al baño a buscar el libro rojo. No lo encontré. Sabía que aquel sueño había sido fugaz. Regresé a la cama y sobre las sábanas encontré el librillo rojo cerrado con letras doradas en la portada. "Diario". Leí la palabra en voz alta.

Caí. Caí succionado en el vacío. Desperté sentado en mi estudio con libros por doquier con el librillo rojo en mi regazo. Al hojearlo contenía nuevamente los caracteres indescifrables sin ningún tipo de orden en todas sus páginas. El sol filtrado por la ventana me daba directamente en la cara, tomé el libro y lo arrojé sobre la cama que estaba perfectamente hecha. Sabía que todo lo había soñado, pero no sabía si había despertado realmente. Se sentía que sí estaba despierto, pero quise intentar ordenar las palabras del libro como dentro del sueño. Había entendido la instrucción.

Caminé al baño y sentí un sobresalto al momento que el agua helada golpeó mi rostro. Busqué por todos lados el librillo rojo. No lo encontré. Ahora si estaba despierto. Había soñado todo. Sentí frustración pues quería escribir mi historia. No me tomó más que segundos sonreír y entender que había tenido sueños dentro de otros sueños. Me acosté pensando con cierta añoranza casi infantil de aquel sueño, tanto que todavía hice un último intento para buscar aquel libro sobre la cama.

Sentí el sueño apoderarse de mí casi de inmediato hasta que sentí una leve corriente de aire frio en mi rostro. No solo frio, helado mas bien. Me levanté a cerrar la ventana que había dejado entreabierta. Estaba sólo algunos centímetros abierta, pero era suficiente para haber volado algunos papeles que estaban sobre mi escritorio. Al acercarme a la ventana, ésta se abrió súbitamente con una ráfaga violenta de aire que hizo volar no sólo los demás papeles sino aquel librillo rojo que saltaba sobre el escritorio. Emocionado por el libro me acerqué a cerrar la ventana, pero justo antes de tomar la manija el librillo rojo salió volando por ésta y sin dudar un segundo me lancé tras de el saltando desafortunadamente hacia el jardín que estaba repleto de perros Gran Danés blanco y negro. Eran varios metros hacia la inminente caía, la cual pude amortiguar con la almohada que también caía conmigo.

La almohada quedó atrapada en los árboles y yo pude caer limpiamente entre las ramas hasta el césped. Delante de mí había una docena de perros completamente en silencio, viéndome únicamente, mientras me arrastraba hacia el librillo rojo que estaba justo en medio de la silenciosa jauría. Lo tomé y lo abrí con la emoción de poder ordenar alguna palabra cuando al levantar los ojos me encontré con la mirada de un enorme Gran Danés que dio un ladrido ensordecedor que me hizo cerrar los ojos apretándolos.

El agua helada me despertó y dio un vuelco en el corazón. Al buscar una toalla para secarme encontré el librillo rojo sobre el altero de ellas. Abrí el librillo y vi palabras completas flotando en las páginas y moviendo el libro con suavidad logré acomodarlas de forma que contaran una historia tan agradable y satisfactoria que mi corazón me llamó a pasar otra y otra hoja haciendo lo mismo en cada una de ellas.

Cerré el libro y al hacerlo este produjo un ruido intenso y desagradable. Parpadeé viendo mi habitación tal como la había dejado. Ningún rastro de mi libro. El ruido se repitió. Era el timbre de la puerta principal. Bajé dando algo de tumbos y al abrir pude ver la furgoneta de la mensajería alejándose por la calle. Sobre el tapete había dejado un paquete pequeño. Lo abrí dentro de la casa sobre la mesa de la cocina. Ahí estaba. Mi librillo rojo. Las páginas no contenían ningún carácter. En blanco. Sólo la portada tenía una palabra. "Diario". No se en que parte del sueño estaba, pero tomé un bolígrafo y empecé a escribir.

ESTIMADO DOCTOR

"No había visto un cadáver desde la escuela de medicina". –Fue el primer pensamiento que le vino a la cabeza al momento que la escena se llenaba de cada vez más personajes. No se daba cuenta realmente de cuantas personas entraban y salían de la habitación. Sucedía todo muy rápido.

En una esquina se encontraba la chica del aseo siendo interrogada por un nada amable agente de la policía. Después de todo ella fue la que encontró el cuerpo al entrar a la habitación para hacer los acostumbrados arreglos de noche. Varios agentes y reporteros tomaban fotografías de toda la habitación. Afuera se escuchaban sirenas de varios tipos. Él seguía observando el cadáver de una forma algo indiferente y despreocupada, hasta que el azote de la puerta del baño hizo que prestara atención al cuerpo. Era obvio que no podía tocarlo.

"Varón, cuarenta años aproximadamente". Se decía en voz muy baja, observando el cuerpo extendido en el suelo con rostro girado hacia la izquierda, ojos abiertos con mirada fija. "Herida contundente en hueso frontal y parietal izquierdo con exposición importante de masa encefálica". Continuó con su casi silenciosa descripción. Había una considerable colección de sangre algo fresca, pero algo vinosa. Sabía bien que debía poner atención en los detalles, que se repetía a sí mismo, pues en cualquier momento vendría su turno para hacer su relato. Tenía bastante tiempo. El comandante de la policía quería tener los testimonios en la escena, antes de trasladar la investigación a la central e iniciar formalmente las investigaciones.

Seguía la observación detenida del cadáver desde un asiento que se encontraba en el centro de la habitación a poco más de un metro del cuerpo que yacía grotescamente sobre la alfombra color verde del cuarto de hotel. El comandante vio de reojo al hombre que observaba sentado. Varios agentes hablaban atropelladamente entre sí y finalmente el comandante se abrió paso entre las varias personas que circulaban por toda la habitación. El hombre vio al comandante acercarse y supo que el tiempo se le había acabado.

"Buenas noches Doctor..."

"Branden". Respondió casi con pereza el hombre en la silla.

"Sólo me falta hablar con usted". Dijo con voz áspera el comandante al tiempo que arrimaba una silla y se sentaba frente a Branden. "Al parecer todo está muy claro". Carraspeó un poco haciendo que el Doctor se hiciera algo hacia atrás con repugnancia. "Forcejeo en toda la habitación, golpes contusos y empujones. Abajo una fiesta de reencuentro estudiantil. La víctima tiene aún un aroma muy intenso a alcohol. Rencilla de años, que culmina en esta habitación después de una discusión fuerte abajo".

El Doctor escuchó la disertación con auténtico reconocimiento de integración, pues desde que había visto al comandante entrar pensó que era un total incapaz.

"¿Qué opina Doctor?". Preguntó el policía no tanto para que el médico validara su capacidad analítica sino para ver su reacción y que complementara con los datos de la escena del crimen que había tenido tanto tiempo para analizar.

Serenamente el galeno contesto. "Estoy realmente convencido de lo que dice con sólo ver la escena unos minutos. Yo le puedo complementar que las heridas concuerdan con todo lo que menciona".

"Pues a mí me sorprende la tranquilidad con la que se encuentra usted considerando su situación". Dijo molesto el tosco policía levantándose le la silla con violencia.

"Pues no sé a qué situación se refiere".

"Sabe bien a lo que me refiero doctorcito". Dijo inclinándose con los ojos fijos en el doctor que seguía tranquilamente sentado. Este último comprendió la reprimenda del comandante y cambió su actitud de inmediato. Después de todo por más que no quisiera estar ahí, no tenía más opción que poner buena cara.

"Comprendo". Dijo el doctor, sentándose derecho y respiro profundamente. "Le dije algunos datos superficiales para completar su investigación. Efectivamente la víctima se encontraba en la reunión que se llevaba a cabo abajo en el salón principal. Por el fuerte aroma, es claro que había estado bebiendo y es claro el considerar que como es común en este tipo de reuniones estudiantiles, hubo alguna regresión desafortunada, que trajo algún rencor del pasado que se salió de las manos. Sin embargo, la víctima como usted insiste en llamar no era ninguna víctima. Desde hace más de veinte años fue la verdadera semilla de la discordia escolar, de la trampa académica y la figura de agresión hacia las mujeres, algunas sexualmente. Durante el reencuentro escolar, la pobre víctima ya había sido abordado por varios excompañeros, algunos para festejar sus glorias pasadas y otros para expresar el desagrado de verlo nuevamente. En el momento preciso tuvo la necesidad de regresar a su cuarto, sólo para encontrar la justicia divina de la muerte."

El comandante no le quitaba la mirada al médico y pensaba en la precisión del relato. Después de todo siempre había pensado en la meticulosidad de los médicos y aunque se mostraba tranquilo, dentro de él se llevaba una especie de satisfacción malsana por el relato del galeno.

El médico, se levantó tranquilamente y quedó frente a frente con el policía.

"Es algo terrible lo que ha sucedido aquí comandante, pero no tengo ningún sentimiento de simpatía o remordimiento por este pobre diablo. Sólo lamento toda esta situación. Siento pena por la pobre de mi esposa que ha viajado tanto para encontrar esta situación. Esto debía ser una fiesta y ahora por un arrebato de un momento culmina en una muerte. Un asesinato."

Sacando un paquete de cigarrillos el médico continuó después de encender uno y dar una profunda calada. "Sabe bien lo que continúa hacer comandante. ¿Quiere continuar aquí o en la estación?".

El comandante apuntó varias cosas en una libreta. Permaneció unos segundos observando sus anotaciones con una leve sonrisa y cerró la tapa de la libreta mirando fijamente al médico.

"Mire doctor, yo no soy quién para juzgar ninguna acción, sino para integrar los datos de lo que ha sucedido. Quiero que concretamente me responda. ¿Cuándo decidió seguir a la víctima a su habitación? Usted ha hablado de algún arrebato o algo del calor del momento. ¿O en realidad había un plan asesino gestado desde hace tiempo del cual aún no hemos hablado?".

El médico miró al comandante y tomó nuevamente asiento. El comandante también se sentó sin decir nada esperando las palabras del médico que empezó a hablar con una voz muy suave, pero clara. Casi como si se hablara así mismo. "Algo completamente incidental comandante. Durante el evento después de la cena no encontré a mi esposa por ningún lado, lo que me hizo pensar que había subido a la habitación para algún arreglo personal o para buscar alguna cosa que quisiera mostrar a sus compañeros de generación. Toda la semana estuvo muy animada por su reunión escolar". Dijo el tranquilo doctor con una sonrisa de ternura. "Cual sería mi sorpresa de encontrarla en esta habitación, con un cadáver a sus pies y en completo estado de shock. Es algo muy fuerte comandante. Veinte años después se encuentra cara a cara con el autor de una atrocidad indecible y una violenta discusión termina en el acto más extremo de una agresión. Todo a manos de una pobre mujer que alguna vez amó a este hombre".

El médico sintió un escalofrío en todo el cuerpo. Volvió a respirar hondo y a dar una calada del tercer cigarrillo que encendía.

"Créame comandante. Jamás pensé estar al lado de mi esposa en una situación de asesinato. Veníamos a una fiesta y ahora nos encontramos como personajes de una tragedia.

El comandante se levantó encendiendo el también otro cigarrillo con un encendedor brillante que captó la atención del doctor haciendo que su mirada se perdiera unos segundos.

"Una mujer es capaz de eso y más doctor". El comandante tosió ásperamente. "A usted le sorprende. Lo sé por la forma en que mira a su esposa al ser interrogada. En un segundo la más dócil de las damas se convierte en una fiera según las circunstancias. Pero ahora lo mejor es terminar aquí. Ya tengo todo lo que necesito de ustedes. Créame que no es fácil para mí llevara detenida a una mujer por asesinato"

"Me imagino. Contestó con indiferencia el galeno. "Quiere por favor decirme entonces que es lo que sigue para terminar con esto por favor".

"Claro médico. Con calmita. Ya casi terminamos". Contestó algo irónico el policía. "En realidad no será necesario que usted nos acompañe. Es más, le insisto en no hacerlo. Lo único que le pido es que firme su declaración por favor."

El médico y su esposa cruzaron miradas en ese momento. No habían coincidido desde que empezaron los interrogatorios. Ella nuevamente volteó a ver al policía que la interrogaba de manera que no pudo ver la sonrisa que su esposo le había dado.

"Por su señora no se preocupe, mi agente se está haciendo cargo". Compuso un poco su postura y tomó el papel que había escrito el médico unos minutos antes. "Lo leeré a grandes rasgos. Recuerde que ante mí también está bajo juramento y no podrá cambiar nada. ¿Estamos claros?"

"Claros"

Poniéndose de pie el comandante llevó al médico hacia una mesa, le indicó que se sentara y le dio la pluma que traía. Arrojó su libreta en la mesa y comenzó a leer el documento.

"Yo, bla blá, jurando como verdadero lo siguiente, bla blá, declaro que el viernes 21 de julio del presente año durante el reencuentro estudiantil de mi esposa, al percatarme de su ausencia cerca de las 21:15hrs, decidí buscarla fuera del salón y subí a nuestra habitación de hotel, la 144, cuando al pasar por la habitación 140 encontré la puerta abierta, viendo a mi esposa de pie a un lado de un hombre de características, bla blá, con otra mujer hincada al lado del hombre". El comandante hizo una pausa para encender otro cigarrillo. Buscó con los ojos donde se había detenido. "Ah sí." Sonrió "Tirado en el suelo con una herida en la cabeza. Me acerqué a buscar señales de vida sin encontrarlos. Vi que la segunda mujer tenía manchas de sangre en su vestido de noche claro y con un objeto cuadrangular fuertemente sujetado en la mano derecha. Se asomó por la ventana una mujer joven que parecía la camarera de noche y al ver la escena gritó y salió corriendo por el pasillo". El policía apagó el cigarrillo en un cenicero improvisado en un vaso con agua. "¿Vamos bien médico?"

"Vamos bien" contestó el doctor sin levantar la mirada.

"Muy bien. Continuemos. Bla blá, llegó el personal de seguridad del hotel y posteriormente los servicios policiacos... bla blá" Tomando asiento el policía extendió el documento al doctor quien lo firmó una vez que lo leyó con los ojos nuevamente, desesperando un poco al comandante que empezó a golpear suavemente el suelo con le punta de su zapato.

"Listo comandante." El médico entregó el papel y pidió otro cigarrillo al policía que arrojó el paquete y el encendedor a la mesa, y se dirigió al otro extremo de la habitación para recoger la declaración de la esposa del doctor y regresó nuevamente con él. El médico ahora sí pudo compartir una sonrisa con su esposa que se veía temblando aún con el maquillaje de los ojos corrido por el llanto. El médico se sintió un poco mareado con tanto humo y con la embriagante sensación del choque emocional que poco a poco se estaba disipando.

"Aquí está la declaración de su esposa doctor, prácticamente igual que la suya. También tengo la de la segunda mujer. ¿Le gustaría saber lo que sucedió entes de que entrara a la habitación?".

El médico asintió moviendo las manos y la cara haciendo entender al policía la obviedad de la respuesta, además de lo redundante de la pregunta"

"Al parecer su esposa subió al baño de la habitación porque el del salón estaba lleno y al tratar de abrir su puerta oyó en otra habitación una ruidosa conversación que culminó en un grito de la mujer que usted encontró hincada al lado del cadáver, quién era compañero de la universidad de su esposa, pero eso ya lo sabía usted. Bueno. La mujer, quién también era compañera de su esposa, había visto al ahora occiso en estado de ebriedad y lo siguió a su habitación donde discutieron respecto a un abuso sexual que sufrió a manos de él hace muchos años y culminó en un golpe fatal. Pero esto mi querido doctor también lo sabía usted muy bien".

El médico le clavó la mirada al comandante quien sólo le veía con seriedad. Se levantó y se dirigió a su esposa cuando el comandante habló haciéndolo detenerse y voltear a él.

"Todo cuadra perfectamente doctor, la compañera de su esposa ha confesado con detalle no sólo cómo lo hizo sino como lo planeó desde hace años. Sin embargo, lo único que me intriga un poco es cómo el vestido de su esposa también tiene manchas de sangre y la compañera tenía el objeto asesino en la mano derecha siendo ella zurda".

"No sabría contestar eso comandante, probablemente se abrazaron para calmarse o el objeto ya estaba en el suelo cuando ella lo volvió a tocar"

El comandante sonrió otra vez.

"De cualquier modo las declaraciones son perfectas y también la confesión. Pueden irse a descansar doctor"

El médico se reunió con su esposa se miraron a los ojos por unos segundos y abrazados salieron por la puerta hacia su habitación.

LA ESTRELLA OLVIDADA

—A un lado idiota— —Ese grito me despertó de la ensoñación. Estaba invadiendo los dos carriles de la avenida. Esa palabra me caló en el orgullo, pero así me sentía. El deportivo azul finalmente me rebasó con el conductor aun manoteando. Lo maldije en voz baja y en un segundo lo había olvidado para volver a meterme en mis pensamientos. Vaya que tenía por qué estar intranquilo. Regresaba de dejar a mis hijos en la escuela y aunque apenas eran las 8 de la mañana me sentía completamente hecho mierda. Tres meses habían pasado desde que me habían despedido y los acreedores ya se agolpaban en la puerta de la casa, empezando por el maldito casero que tenía más de un mes que no me veía. Afortunadamente mi esposa trabajaba todo el día y no se enteraba aún de todos los ruegos y súplicas que le hacía a cuanto cobrador llamaba.

Aún era noviembre y ya había comenzado la temporada navideña. Mientras otros estaban preocupados de sus estúpidos regalos, yo estaba agobiado de que en cuestión de días suspenderían a mis hijos de la escuela por falta de pago. No encontraba la manera de evitarlo, le debía a medio mundo. La ansiedad me ahogaba, además de que mi esposa no me lo perdonaría, pues la escuela tenía la costumbre de exhibir a los niños que se atrasaban en la colegiatura, sacándolos de la fila a mitad del patio de formación, mientras el director los iba llamando con un altavoz a su oficina. –Malditas escuelas católicas– –Repetía entre dientes, sin sacarme de la cabeza el cómo salir de esta. –Dios mío–.

Lo que más me daba vueltas en la cabeza era la necesidad de sacarme todo de adentro, sobre todo de cómo decirle a mi esposa que me habían despedido. Me había portado muy bien y ya tenía más de seis meses sin beber. De cualquier modo, las cosas en casa estaban lejos de ser tranquilas. Lo había intentado, en serio, pero esas condenadas fichas no dejaban de seducirme. Pensándolo bien la culpa no es de las fichas sino de esas barajas que habían estado en una muy mala racha. Sabía que era solo cuestión de tiempo a que mejoraran. –Ese maldito recorte de personal me agarró por sorpresa– Me había envalentonado con la cuenta de ahorros de mi esposa y el rey de tréboles no llegó. Algo que me tranquilizaba es que todavía tenía cerca de media docena de tarjetas de crédito que no estaban sobregiradas y me daría algo de tiempo de salir de este problema. Ya lo había hecho antes, pero nunca las cosas se veían tan complicadas.

Ese día mi esposa contemplaba que me iría a la comida de fin de año de la oficina y como supuestamente yo tendría que estar listo hasta en la tarde, me dejó una lista de encargos, incluyendo el comprar el árbol de navidad –que siempre poníamos en la última semana de noviembre– y sacar los adornos del sótano. Jamás me hubiera imaginado lo largo que sería ese día. Por una mezcla de culpa, paranoia y ganas de evitarme un problema en casa, compré el árbol más grande y costoso que pude. En verdad era un árbol muy grande y preferí ofrecer una buena propina a alguno de los cargadores para que me acompañara a casa a bajarlo del auto e instalarlo. Sólo uno se ofreció de inmediato. Yo lo vi muy delgado como para realizar todo el trabajo, pero se veía joven y entusiasta. Me sorprendí de lo rápido que subió el árbol al coche y en pocos minutos ya íbamos en camino a la casa.

En poco menos de quince minutos habíamos llegado a la casa, pero ese tiempo fue suficiente para yo cediera al ahogo de la culpa y le contara todas mis preocupaciones el joven cargador. Él no había hecho ningún comentario durante el viaje, pero al bajar el árbol del auto me miró y me pregunto de forma muy lenta y clara. – ¿Qué va a hacer entonces con sus broncas patrón? – –Me sorprendió en realidad la pregunta puesto que pensé que no había prestado atención en nada de lo que le había contado. –La verdad daría lo que fuera por salir de esto, pero para mí lo más importante es que mi esposa no se entere de nada– –Respondí prácticamente suspirando. El solo me sonrió sin decirme nada. Una vez que el árbol estaba instalado en la sala le pedí que me ayudara subiendo los adornos que estaban en el sótano en varias cajas. Subí y bajé con él en unos tres viajes, pero dejé que hiciera solo los últimos dos. No pensé que se fuera a robar nada. – ¿Ya fueron todas? – –Todas– –Respondió.

En la puerta de la casa le di lo que me pareció una excelente propina. –Todo se le va a resolver patrón. – Fue lo único que me dijo mientras metía el dinero sin contar en su bolsillo. Ahora era yo quién no decía nada mientras le sonreía. Después de cerrar la puerta me quedó la sensación de haber sido demasiado indiscreto y la verdad es que si lo había sido. En un par de segundos volví en mí y subí a toda velocidad a mi cuarto para seguir la pantomima de la comida de fin de año y vestirme. Lo que no había considerado era en donde perder unas cuatro horas para estar de regreso a casa a las 7 de la noche para adornar el árbol con los niños.

Me vestí con verdadero esmero, como si en realidad fuera a la comida. Salí con prisa en el auto sin saber realmente hacia a donde dirigirme y sin darme cuenta estaba ya en las afueras de la ciudad donde antes de tomar la interestatal encontré un inmenso mercado de antigüedades donde desde el momento en el que entré me embelesé con tantas cosas. Perdí realmente la noción del tiempo. Por instinto saqué mi teléfono para checarlo y casi vomito al ver en la pantalla que tenía doce llamadas perdidas de mi esposa. Había dejado el timbre silenciado. Me sentí completamente descubierto en mi numerito. −Respira− −Me dije repetidamente mientras marcaba el teléfono de mi esposa.

− ¿Por qué carajos no contestas Miguel− −Gritó frenética

Apenas empecé a balbucear cuando me dijo las palabras más aterradoras que he escuchado en mi vida.

−Atropellaron a Cami− −Fue lo único que realmente registré dentro de todas las palabras que vociferaba y sollozaba. Me quedé como idiotizado sin poder articular palabras. Me imaginaba tantas cosas. -Mi dulce niña. Nueve años- -Pensaba aún aletargado. Me dijo que estaban en el Sanatorio Dosel y apenas alcancé a decirle que iba para allá con un nudo en la garganta. Manejé tan rápido como pude y llegué en lo que pareció una eternidad al sanatorio. Mi mente solo me arrojaba imágenes grotescas y al entrar a la sala de espera vi a mi familia con caras tan largas y desencajadas que me imaginaba lo peor cuando mi esposa corrió hacia mí. -Salió el auto de la nada afuera de la escuela, le pegó muy fuerte- -Fue lo que me dijo cuando rompió a llorar. Mis niños Carlos y Enrique se me acercaron tímidamente con sus caritas hinchadas de tanto llorar. Jamás me sentí tan asustado y fuera de control en mi vida y mientras mi familia me abrazaba lo único que pasaba por mi mente era la duda si había pagado la póliza del seguro médico y cuál de mis tarjetas de crédito no estaba bloqueada o sobregirada. Por un lado, mi pobre niña lastimada y por otro lado el miedo de ser descubierto en mis mentiras dejaba de acecharme.

En unos pocos minutos la doctora de urgencias que atendía a Camila nos dijo que ella estaba bien y que podíamos entrar al verla. En realidad, me quebré cuando vi a mi nena con un yeso en el brazo, moretones en la cara y con un vendaje alrededor de la cabeza. –Qué bueno que llegaste papi– –Me dijo con su vocecita y me abrió sus brazos para que la abrazara. La doctora nos explicó que estaba fuera de peligro. Ya nos estábamos tranquilizando cuando nos dijo que lo único que quedaría pendiente sería la valoración de cirugía plástica. Nos quedamos viendo a Cami sin poder saber a lo que se refería la doctora.

–Debo decirles que desafortunadamente su niña perdió la orejita derecha, la ambulancia no pudo encontrarla y al revisarla aquí pensamos que con el golpe en el pavimento se cortó completamente–.

Me costó mucho escuchar a la doctora, pero lo importante era darle seguridad a la niña. Nos recomendaron que pasara la noche en observación y mi esposa y yo nos turnamos para acompañarla en el cuarto. No hablamos mucho. Por más que tratamos de averiguar lo que había pasado la niña no pudo explicar que le había sucedido. Sólo recordaba a la ambulancia recogiéndola fuera de la escuela. Fue una noche muy larga. Camila se quejaba mucho del dolor en todo su frágil cuerpo. Lo único que pareció animarla un poco fue la promesa de que ella pondría la estrella en la punta del árbol de navidad al terminar la decoración. No sólo el ver dormida a mi niña me dio tranquilidad, sino también el hecho que mi esposa no hizo ninguna pregunta acerca de la supuesta comida de fin de año de la oficina.

Sin más trámite salimos del hospital temprano y en pocos minutos llegamos a casa. Mis padres que se habían quedado a cuidar a mis hijos nos recibieron en la puerta de la casa y Cami abrazó a sus hermanitos con mucho gusto. Nadie había empezado ninguna decoración del árbol de navidad y de inmediato empezamos pues Cami emocionada nos dijo a todos que ya quería poner la estrella en la punta.

El tiempo voló y sólo nos quedaba la estrella que no apareció en ninguna de las cajas que había subido. Yo estaba completamente seguro de que había traído todas las cajas, pero decidí bajar al sótano para ver si no la había olvidado. Pero ahí estaba, casi a la mitad del sótano en el suelo encontré la caja con motivos navideños. Sonriendo me acerqué y al levantarla la sentí considerablemente más pesada de lo que esperaba. Lo que vi en su interior me dejó desconcertado. Junto con la estrella navideña estaba un fajo grueso de billetes de alta denominación. No podía acordarme si este dinero lo había yo guardado. No supe que hacer. También pensé que el dinero era de mi esposa, pero al tratar de contarlo la caja se me cayó de las manos sólo para dejarme ver algo más que contenía la caja. Hincado recogí un sobre que traía un papel con algo escrito. −No grite patrón, todo arreglado. Lo importante es que no se entere su esposa− −Solté el papel y vacié el contenido del sobre en mi mano. El estómago se me revolvió y sentí frío en todo el cuerpo. Tenía una pequeña oreja ensangrentada y mallugada en la mano. La cabeza me daba vueltas, empecé a respirar muy rápido. Sin embargo, sólo me tomo un minuto para volver en mí. Metí el dinero nuevamente a la caja y la oculté detrás de unas viejas bolsas. Regresé el contenido al sobre y lo metí en mi bolsillo y con la estrella en las manos subí nuevamente las escaleras con una estúpida sonrisa.

PISO DE ALMACEN

El día era muy caluroso en San Antonio Texas, pero era la única oportunidad que teníamos para hacer algo de compras antes de regresar a Ciudad Juárez. Era la mitad del verano y sólo quería comprarme algo antes del regreso, pues sólo habíamos estado un par de días y quería por lo menos algún trofeo de mi primer viaje sólo con mis amigos. En una esquina del centro de la ciudad, con gran concurrencia encontré el almacén de Frost Bros. Un almacén que sabía bien que tendría más de 80 años en el mismo sitio. Entré con mucha convicción por la puerta principal, ya me había despedido de mis amigos y quedamos en vernos en la entrada en una hora exacta para ir a comer y regresar al hotel.

Se podía ver la historia del edificio en todos lados, con detalles en cada rincón que recordaban los años que habían pasado. En los techos, los vitrales y, sobre todo, la magia y la nostalgia se percibía aún más en los ascensores. Aquellos que tenían una doble reja y que tardaban horrores en pasar de un piso a otro.

Me habían dicho que todo el departamento de damas estaba en el primer piso y corrí a buscar el ascensor más cercano que para mi mala suerte estaba en la parte central del edificio con el pasillo atiborrado de clientes esperando subir. Con impaciencia me decidí buscar otro ascensor y caminado con rapidez atravesé los penetrantes y casi nauseosos olores del departamento de perfumería hasta llegar al fondo del almacén y encontrar otro ascensor y poder subir al departamento de caballeros. En realidad, estaba muy complacido de encontrar el ascensor vacío y además en contraste estaba al parecer recién restaurado, con el bronce pulido, el piso casi nuevo y los botones brillantes, pero estos últimos al parecer habían sido todos presionados por algún bromista. Sin embargo, al estar solo en el ascensor no me importó, pero dentro no encontré alguna señalización para saber en qué piso bajar. Con pasmosa lentitud el ascensor subió, pero no hizo parada en el siguiente piso, por lo que presioné varias veces el botón de parada, pero no se detuvo hasta el siguiente piso.

Ya detenido el ascensor, pude correr la reja interna y abrir la puerta donde finalmente encontré la sección de caballeros que era el esperado contraste con la sección de damas de abajo. Casi demasiado contrastante pensé yo, pues estaba completamente vacía. Saliendo del elevador empecé a caminar por el pasillo, este estaba cubierto de linóleum color blanco con detalles verdes. No me llamó mucho la atención hasta que noté que la ropa que estaba en exhibición era demasiado formal y francamente pasada de moda. Todo parecía bastante sobrio, hasta los maniquíes usaban sombreros y trajes de tres piezas. Por un momento pensé que el piso no había abierto o que la sección estaba en mantenimiento, porque no vi a ningún cliente, es más, no vi a nadie, la única señal de vida en el aburrido piso del almacén era la música en los altavoces, que era muy agradable, al estilo de las grandes bandas, que muy bien reconocí, pues mis abuelos solían tocar ese tipo de discos en las reuniones familiares cuando yo era niño.

Me adentré un poco más, llamando a algún dependiente sin respuesta y frecuentemente volteaba a ver al ascensor por si alguien más subía. Recorrí los demás pasillos viendo la misma ropa pasada de moda, dándome cuenta de que, prácticamente era el mismo en todo el piso. Caminé un poco más esperando encontrar algo más contemporáneo. Un fuerte aroma a tabaco llamó mucho mi atención y con desagrado me acerqué a la zona de zapatos que es de donde provenía el olor. Un cenicero alto con varias colillas estaba al lado de los probadores. Sentí un adormecimiento en todo el cuerpo. No sabía que pensar, pues sabía que desde hacía décadas estaba prohibido fumar en espacios cerrados. Me asusté, pues algo más complementó mi sobresalto. Bajo un letrero que decía "Caja", había una antigua caja registradora inmensa de metal, a su lado en el mostrador había una libreta con papel carbón de notas de venta. De inmediato noté que estaba todo en silencio, la música se había detenido y detrás de mí escuché una voz aguda, casi chillante.

- ¿Puedo ayudarle con algo?

Volteé de inmediato y a unos dos metros de mí, una joven mujer de pelo negro, con un peinado alto y con maquillaje muy cargado me sonreía. Tenía un traje sastre verde olivo y zapatos de tacón.

-No gracias- -Contesté atropellado y decidí caminar de regreso al ascensor. Ví que la puerta empezaba a cerrarse y la angustia se apoderó de mí de tal forma que tuve que correr unos seis metros para lograr entrar.

Al cerrarse la puerta, corrí la reja interna y nuevamente vi todos los botones encendidos. Pensaba si no había exagerado con mis nervios, mientras veía como los botones se apagaban. 3, 2, 1. En unos quince segundos bajé los tres pisos y al abrirse la puerta encontré nuevamente el bullicio y el insoportable olor de la perfumería. Seguramente solo estuve unos diez minutos en el tercer piso, pero al encontrarme con mis amigos solo recibí caras de enojo y reclamos por haber estado desaparecido casi dos horas. Con mucho extrañamiento les relaté lo sucedido, no podía creer que haya estado tanto tiempo en el piso de caballeros. Les supliqué me acompañaran al tercer piso y nos dirigimos al mismo ascensor que había tomado. Una vez adentro no pude presionar los botones y la reja interna estaba fija.

En segundos una dependiente del almacén con pantalones ajustados y playera verde olivo se acercó a nosotros para indicarnos que el ascensor era solo para efecto decorativo y que no estaba en servicio desde hacía años. Mis amigos me miraban molestos ante mi inverosímil historia, pero realmente quería que me creyeran, por lo que le pregunté muy ansioso a la mujer el porqué de la decoración tan austera del tercer piso y de la dependienta en él. Casi sentí náuseas y un golpe en el pecho cuando con un gesto desconcertado me respondió que el almacén sólo tenía dos pisos.

Rápidamente el asunto se tornó en burlas de mis amigos y salimos del almacén a comer, dejando atrás el asunto. Yo no pude dejar de pensar en mi experiencia, es más, aún ahora no entiendo lo que me sucedió o si en realidad pasó, pero constantemente se hiela mi sangre pensando en lo que habría sido si la puerta del ascensor se hubiera cerrado cuando corría hacia él.

TARDE DE PESCA

1

Era la tercera vez que regresaba a su vehículo por algo olvidado. Daniel amaba ese 4x4 que compró tan pronto firmó el divorcio como una ridícula declaración de independencia, puesto que no alcanzaba los 1.70 metros De estatura y era un espectáculo verlo subir y bajar de él.

Después de todo, ella se quedó con lo demás, con todo cuanto pidió, la casa, los autos, una jugosa manutención y el maldito perro que tanto desagradaba a Daniel, puesto que, aunque ambos lo adoptaron de cachorro, jamás lo ayudó a superar la repulsión que le tenía a los perros desde que era niño. Más bien era miedo, siempre les temió a los perros.

Primero fueron las botas de hule, después la bolsa de pesca y al final el sombrero. Con todo coraje decidió no volver una cuarta vez por el teléfono móvil. Apretó la mandíbula y siguió caminando por la brecha con las manos ocupadas con la bolsa y la caña de pescar, ambas compradas recientemente por internet.

—"Estúpido, estúpido" se decía entre dientes pensando en el teléfono olvidado.

Había llegado finalmente a la orilla del río después de caminar unos 10 minutos entre rocas y matorrales, puesto que el vecino que le había recomendado el lugar sólo le dio el nombre, pero no los detalles del terreno.

—"Arroyo Kimb" pensó.

Casi podía escuchar la emoción con la que le habló es vecino del sitio como si fuera el paraíso.

Daniel le aseguró que había entendido las indicaciones para llegar, pero no fue así. Al final sólo ingresó el nombre del sitio en el GPS de la camioneta. Esto era típico de él. Fingir que entendía algo, chistes, indicaciones o instrucciones con tal de no parecer -según él- un estúpido.

No había pescado desde que su padre lo llevó una única vez a un lago cuando tendría unos doce años. No fue nada agradable. Pero había visto un documental acerca del "poder de relajación" de la pesca y no perdió un segundo en entrar a una página de ventas por internet y comprar el "set básico de pesca" con entrega inmediata.

El sonido del rio era arrullador pero intenso. No era ningún arroyo como su nombre lo pudiera sugerir, era un rio de unos doce metros de anchura con una corriente nada despreciable. El terreno próximo a la orilla era muy irregular y con algo de esfuerzo logró sortear un recodo fangoso que le hizo recordar con resignación que su adorada camioneta 4x4 edición de lujo tuvo que pasar por un camino lodoso de terracería poco más de tres kilómetros.

Daniel era un bicho de ciudad, pero estaba enamorado de la vida campestre que sólo conocía a través de los programas de televisión que tanto veía.

No se decidía en un punto para pescar, todos le parecían iguales y después de caminar río arriba a veces en la orilla y otras dentro del río, a unos doscientos metros encontró una gran roca plana, perfecta para colocar su equipo e iniciar la pesca.

Tardó varios minutos en averiguar cómo colocar el anzuelo y la carnada y logró soltar la línea a la mitad del rio, viendo como la corriente arrastraba al gran flotador que tenía. Eran casi las 4 p.m.

—"Vamos pez, vamos pez" repetía una y otra vez, como si los peces necesitaran ser animados a caer en su trampa mortal. Cualquiera que lo hubiera visto se daría cuenta de inmediato de que no tenía ninguna idea de lo que estaba haciendo. Daniel mismo lo sabía, pero este viaje era una más de sus constantes ideas para controlar la ansiedad crónica que lo aquejaba desde la infancia. Evidencia de esto era su sobrepeso, las manos sudorosas y las uñas mordidas.

Algo de llovizna empezó a caer, pero Daniel no se desanimó porque estaba seguro de que varios peces habían estado a nada de picar. De hecho, esa fue una de las razones por las que su vecino le recomendó el lugar, el rio en esa época de otoño y más aún por las tardes rebosaba de peces.

Decidió cambiar nuevamente de punto de pesca. Levantó su bolsa y bajo al agua por la parte que parecía poco profunda y caminó dentro del agua cerca de la orilla un poco más, cuidando que el agua se mantuviera más abajo que sus botas. Lanzó nuevamente su línea a mitad del rio en una zona donde el agua era calma. Después de más de una hora de espera yendo y viniendo dentro del rio, sucedió el milagro esperado.

—"Si, así" gritó notablemente emocionado.

La línea estaba tensa desde la mitad del rio. Daniel se exaltó al punto de olvidar enrollar el carrete y con pasos muy torpes caminó hasta su víctima que se defendía y había orillado al novel pescador a entrar en el agua hasta la cintura mientras sacudía la caña violentamente y empezaba a enrollar finalmente la línea.

Fue muy cómico el espectáculo de sacar a la pequeña trucha y meterla en la bolsa, aún más porque no logró sacarle el anzuelo de la boca y la caña que había colocado bajo el brazo cayó al agua.

Desesperado logró cortar la línea con la pequeña navaja que traía el "set básico de pesca" y felizmente el pez quedó en la bolsa y la caña a la deriva por unos cuantos metros hasta que quedó atorada en unas ramas en la otra orilla del rio.

—"Estúpido" gritó más por costumbre que como reproche.

Avanzó un poco más por una parte menos profunda y se subió a un grupo de rocas que le ayudaron a alcanzar de una manera algo fácil la caña en la otra orilla. Una vez con la caña en la mano, contempló victorioso al rio y soltó una carcajada en el momento que sintió a la trucha moverse en la bolsa que ahora traía al hombro. Se quedó un minuto donde estaba cuando la llovizna paró y empezaron a estallar relámpagos que iluminaban el ya algo obscurecido cielo.

—"Hora de irnos" se dijo entre dientes aún con una sonrisa de orgullo por su logro, pero algo ansioso, pues ya lo habían invadido las imágenes de un documental que había visto donde un rayo caía en medio de un río generando una gran explosión y matando a todos los peces en él.

Otro rayo iluminó el cielo nublado y el estallido del trueno lo siguió casi de inmediato. Daniel emprendió el regreso.

Apurado atravesó el rio zigzagueando por el agua hasta otras rocas y llegó a la otra orilla sosteniendo la bolsa con la mano izquierda y con la otra la caña con el hilo enredado por todos lados. Estaba mojado del ombligo para abajo y vio que el reloj marcaba las 5:40 de la tarde. Como no era nada afecto a estar fuera de casa por las tardes, el no traer su teléfono lo hizo sentir aún más ansioso y vulnerable. A pesar de tener 41 años seguía siendo un chiquillo en muchos aspectos.

Una incipiente neblina se levantó y de extraña forma se sintió calmado y dueño de sí, cosa muy rara en él. No podía identificar a que altura del rio se encontraba para entonces, pero una extraña e intensa descarga de ánimo y energía lo hizo trepar con algo de agilidad el sendero que lo llevaría al camino principal.

Había perdido toda noción de la distancia y al llegar al camino de terracería no supo hacia dónde dirigirse, pues ambos lados eran completamente iguales. Caminó unos cuantos metros rio arriba hasta que recordó haber aparcado la 4x4 rio abajo y reprochándose la equivocación se encamino en esa dirección.

Sólo se escuchaba el río y la neblina le limitaba la visibilidad a unos cuantos metros. Caminó durante unos quince minutos y se detuvo en el lugar donde se había estacionado.

La camioneta no estaba.

☐

2

Se mantuvo calmado, pero con gran confusión. Volteó varias veces hacia ambos lados del camino que eran iguales. Caminó algunos metros más rio abajo y se detuvo preguntándose si ese era el lugar donde se había estacionado. Había regresado varias veces a su camioneta y estaba seguro de que la había aparcado ahí pero empezaba a dudar de su memoria. Estos descuidos eran muy comunes en él.

Sacó la llave de la 4x4 y presionó el botón de la alarma con la esperanza de oír la bocina y guiarse así. Nada.

Respiró profundamente un par de veces y se dijo lo usual.

—"Estúpido"

Respiró nuevamente y empezó a caminar ahora rio arriba. El lodo se hacía más profundo y como las botas -también compradas en internet- le quedaban grandes, se quedaban atascadas con cada paso que daba y en ocasiones los pies de le salían de ellas.

De entre la neblina apareció una SUV verde con las luces bajas, que se detuvo a su lado.

—"Buenas tardes, amigo" dijo el conductor amablemente.

—"Buenas tardes"

—"¿Necesita ayuda o que lo llevemos a algún lado? Insistió

—"Todo perfecto. Gracias. Dejé mi camioneta un poco más arriba" contestó Daniel con desenfado y fingida confianza.

—"Perfecto. Que siga teniendo una excelente tarde" replicó el conductor de la SUV con una sincera sonrisa y subió su ventana para continuar su camino con su esposa y sus tres hijos, todos completamente dormidos.

La SUV se alejó y Daniel se quedó pensando en la vergüenza que habría sentido de haber admitido que perdió su camioneta y aceptar la ayuda que le habían ofrecido. Se empezó a poner muy nervioso, aunque la neblina se estaba disipando. Cómo deseó haber aceptado la ayuda ofrecida hace tan solo unos instantes.

Toda la vergüenza se le pasó rápido, puesto que, aunque sólo escuchaba al rio y al viento que soplaba, recordó un documental que vio hace poco que trataba de lobos y de inmediato se visualizó dentro de él encontrando alguno en el camino. Se le puso la piel de gallina y continuó presionando el botón de la llave sin obtener sonido alguno y aunque no dejaba de presionar el botón lo invadió la sensación de que la camioneta había sido robada.

Ahora lo que más lo angustiaba era tener que pedir ayuda y quedar como un estúpido. Empezó a ensayar en su mente un discurso para explicar su situación cuando finalmente encontrara a alguien.

Ya había obscurecido y continuó caminando rio arriba volteando frecuentemente en búsqueda de algún auto, persona o cabaña para pedir ayuda. Realmente deseaba haber aceptado la ayuda del conductor de aquella SUV.

La temperatura bajaba. Daniel se detuvo nuevamente volteando hacia ambos lados de camino y tras unos segundos decidió dar vuelta atrás y volver a caminar rio abajo para encontrar la carretera estatal, sabiendo que estaba iluminada y que en cuestión de minutos algún auto pasaría. Se reprochó mil veces no haber regresado a la camioneta por el teléfono móvil y apretó los dientes.

Inició el camino rio abajo, colgó nuevamente su bolsa sobre su hombro y plegó la caña de pescar a la mitad de su tamaño pensando que así no atraería algún rayo de los que volvían a iluminar el cielo.

—"Uno, dos, tres, cuatro, cinco" contaba después de algún rayo hasta finalmente oír el trueno, tratando de calcular la distancia de donde había caído, tal como la había visto en algún documental.

Empezó a llover nuevamente, ahora con mayor intensidad. Con agitación por su sobrepeso empezó a jadear y alentó el paso. Vio cómo se formaba su sombra frente a él y volteó con gran alivio, esperando que el auto que se aproximaba llegara a él. En su mente repasó su discurso para pedir ayuda.

El vehículo se detuvo a unos diez metros de él. Por unos segundos Daniel no supo que hacer y finalmente caminó hacia el con una fingida sonrisa.

—"Claro que no podías acercarte más, imbécil" pensó Daniel mientras se acercaba a una vieja camioneta con suspensión elevada y con múltiples luces que por un instante le recordó a su querida 4x4.

Miró hacia arriba a la ventana de la camioneta tratando de ver al conductor. Este sólo bajó la ventanilla a la mitad. Daniel no recordó nada de lo ensayado y con torpes palabras gritó lo mejor que pudo la explicación de lo sucedido pues el ruido de la lluvia golpeando la camioneta era fuerte.

El conductor no dijo nada. Su rostro no era visible, solo la gorra roja en su cabeza. Se inclinó sobre el asiento y abrió la puerta del pasajero.

Daniel rodeó la camioneta por el frente y aunque la luz interior se encendió, la lluvia y lo empañado de los vidrios no permitieron identificar al conductor. Colocó su bolsa y caña atrás en el área de carga y antes de subir limpió lo mejor que pudo el lodo de sus botas en el estribo inferior de la camioneta. Con un pequeño salto entró y cerró la puerta con demasiada fuerza.

—"Lo siento" dijo apenado

—"Mm Hum" asintió el hombre de la gorra roja.

Avanzaron lentamente. El ambiente fue tenso. Daniel nunca había subido al auto de algún extraño, pero al mismo tiempo se sintió comprometido a entablar algo de plática como cortesía o agradecimiento.

El hombre que conducía olía fuertemente a humo, causando repulsión a Daniel quien dijo:

—"Será suficiente si me puede dejar en la carretera"

Sin quitar la vista en el camino, el conductor le contestó con un severo defecto de lenguaje con voz gangosa:

—"Buscaremos tu camioneta camino a la carretera y si no la encontramos subiremos nuevamente"

—"No es necesario, de verdad. Hasta la carretera será suficiente" contestó nervioso. "Más bien creo que alguien robó mi camioneta"

—"Ustedes los citadinos siempre piensan que alguien quiere algo de ustedes" dijo el conductor volteando a ver a Daniel con una expresión macabra, dejando ver un labio hendido muy profundo justo por debajo de la nariz y uno ojos verdes muy penetrantes.

Daniel no le contestó. Sólo deseaba llegar pronto a la carretera. Recordó y comprobó lo fácil que algunas personas llegan a ofenderse.

Avanzaron unos cuantos minutos. La carretera se veía un poco más abajo.

Daniel sintió un gran alivio y se preparaba a agradecer el viaje.

—"Los montañeses somos gente honesta" dijo el leporino casi de forma inentendible justo antes de llegar a la carretera y dio vuelta de forma súbita, tomando nuevamente el camino de terracería.

3

—"Tal vez la perdimos en la neblina" dijo parco el montañés. "Ya disipada demos una vuelta más"

—Daniel se quedó sin palabras, su naturaleza cohibida no le permitió reaccionar. Por un lado, quería bajar lo antes posible de la camioneta de ese hombre, pero por otro albergaba la esperanza de encontrar su preciada 4x4 nueva y regresar a la ciudad.

El hombre de la gorra sacó una cajetilla de cigarros de la bolsa de su camisa y se la ofreció a Daniel, quién deseó no haber dejado de fumar hace 8 años.

—"No gracias. No fumo"

El montañés hizo una mueca de fastidio. Encendió un cigarrillo con un encendedor dejando ver que sólo tenía el dedo anular y pulgar de la mano derecha. Al notar la mirada de Daniel, puso sobre el volante mostrando la mano izquierda a la cual le faltaban los últimos dos dedos.

Daniel quiso ser discreto, pero no pudo quitar la vista de las manos de aquel hombre, quien parecía sentir una mezcla de orgullo y placer ante la reacción de él por de esas manos. El montañés sonreía sin quitar la vista del camino.

Después de recorrer unos cuatro kilómetros en silencio, Daniel perdió la esperanza de encontrar su camioneta. Perdió de vista el rio que al parecer quedaba muchos metros más lejos del camino. Finalmente pidió a su repulsivo conductor que le llevara a algún lugar donde pudiera hacer una llama y ver la forma de llegar a casa.

El leporino asintió sin decir una palabra. Tomó una brecha algo escondida y se detuvo unos cuantos metros más adelante. Aunque no se veía el rio, Daniel podía escucharlo aún con claridad.

—"Vamos" dijo el leporino al bajarse de la camioneta. Tomó las cosas de Daniel y se internó por una vereda

Desconcertado Daniel lo siguió con dificultad por el terreno lodoso y justo antes de que preguntara hacia donde se dirigían, vio cruzando el río una casa de madera de dos pisos, con todas las ventanas iluminadas, con varios vehículos estacionados en la parte de atrás.

—"Una posada" pensó Daniel sin decir nada.

Cruzaron el rio por un amplio puente de madera que tenía una cadena de lado a lado, la cual saltaron. Al aproximarse a la casa Daniel pudo ver otra construcción atrás de la casa igualmente grande e iluminada.

El sonido del rio parecía mucho más intenso. La lluvia había cesado, aunque el rechoncho e improvisado pescador seguía empapado. El montañés se aproximó a la entrada de la casa y con mucha confianza abrió la puerta. Daniel sacudió las gotas de su chamarra y golpeó un poco la suela de sus botas para quitar el lodo.

Una vez adentro, Daniel buscó con los ojos al montañés y se dio cuenta que la casa parecía detenida en el tiempo. Las luces eran tenues y había animales disecados por doquier. No se escuchaba nada salvo los pesados pasos del montañés que se asomaba en todos los cuartos buscando a algo o alguien.

Daniel avanzó dentro de la casa hasta encontrar al hombre hablando con una vieja mujer de unos sesenta años, baja de estatura y canosa que traía un bastón hecho de una rama de árbol. Al notar al forastero ambos levantaron el rostro y finalmente Daniel pudo verle la cara al montañés con detalle, se había quitado la gorra y mostraba un pelo rojizo obscuro y escaso, ojos claros, barba rojiza de pocos días y un inmenso orificio de casi una pulgada por debajo de la nariz que partía su cara prácticamente en dos. Aunque se había movido con agilidad en el camino pareciendo un hombre joven ahora le parecía tener más de cuarenta años. La mujer había bajado el rostro y Daniel no pudo verla bien.

El leporino hizo un ademán para que el citadino lo siguiera y este caminó detrás de él pensando en que irían a alguna habitación con teléfono.

Nuevamente poniéndose la gorra roja, el montañés abrió la puerta del fondo de la casa. Daniel al pasar frente a la mujer no dijo nada, pero hizo una leve reverencia con la cabeza en señal de saludo, pero se sorprendió de ver que ambos ojos de la anciana estaban completamente opacos por unas gruesas cataratas. Aunque ciega la anciana lo siguió con la cabeza y Daniel caminó más rápido para salir por la puerta que había dejado abierta el montañés.

Ya afuera, Daniel se encontró en un tipo de traspatio donde había un buen número de vehículos más o menos recientes, en partes desperdigadas por todo el terreno.

El montañés se había adelantado varios metros rumbo a lo que parecía un granero. En este momento Daniel tuvo la impresión de oír ladridos raros, algo apagados, imposibles de identificar respecto a distancia o número de perros. Esto despertó por primera vez en todo el día, miedo. Era impactante el miedo que sentía con los perros y aún más porque ni él mismo sabía la razón.

Una vez en la puerta de aquel granero, el hombre del rostro partido la abrió y esperó a un lado, aún con la bolsa y la caña y miró a Daniel con impaciencia. Éste que caminaba algo lento pensó con optimismo que dentro encontraría algún tipo de fonda o servicio que tendría que pagar y metió la mano en el bolso interior de su chaqueta buscando su billetera.

—"No puede ser. Que estúpido" se dijo al sacar el teléfono móvil que tanto había necesitado y que había traído consigo todo el tiempo. Sonrió y prendió la pantalla sin dejar de caminar y pasando a un lado del montañés entró al granero aún con la mirada fija en el teléfono.

Levantó finalmente la vista.

—"¿Qué carajos? Exclamó.

El teléfono cayó al suelo.

☐

4

Daniel despertó con un abominable dolor en la parte de atrás de la cabeza, oídos tapados y la visión borrosa, bajo una intensa luz dirigida a él de tres direcciones distintas provenientes del techo. Sintió mucho frío en el cuerpo. Trató de decir algo, pero sintió dolor por la cinta metálica que estaba adherida con fuerza alrededor de su cara. Se agitó mucho, no solo por el desconcierto de la situación sino por la sensación de ahogo que le daba el tener solo la nariz descubierta para respirar.

Tardó varios minutos en darse cuenta de que estaba atado de muñecas y tobillos con la misma cinta y que sólo traía puestos sus calzoncillos largos. Estaba sentado sobre un piso de cemento muy bien pulido y recargado sobre unos barrotes metálicos.

Miró a su alrededor buscando algo que le orientara. Vio que se encontraba dentro de una enorme jaula de unos tres metros cuadrados por dos metros de altura. Los barrotes no estaban pintados y estaban cubiertos de muchos pelos obscuros y pardos entre ellos. Las luces eran demasiado brillantes. En el centro de la jaula había una coladera con restos de agua, espuma y lo que parecía sangre.

El dolor de la cabeza era insoportable. Cerró los ojos y al abrirlos vio a través de los barrotes que estaba dentro del granero. Con los ojos lo recorrió en todas direcciones y notó que por todos lados había cañas de pescar colgadas en las paredes, cuando menos tres docenas de bolsas esparcidas por todos lados y en el suelo incontables botas de hule, muchas de ellas con lodo seco.

Daniel estaba confundido, pero no le costó mucho armar la historia con las piezas que tenía ante sus ojos. Lo que no esperó encontrar en el fondo del inmenso granero fue la camioneta 4x4 que tanto buscó.

Trato de mantenerse sereno, aunque su respiración se agitó cuando se agolparon en su mente tantas historias que había visto por televisión respecto a secuestros. Las lágrimas rodaron por la cinta metálica.

Se sintió completamente desvalido puesto que pensaba que no tendría suficiente dinero para pagar el rescate del secuestro debido a que el arreglo del divorcio apenas tenía un par de meses. Sólo esperaba saber cuáles eran las pretensiones de sus secuestradores.

Daniel buscó con la mirada a sus captores. Esperaba ver al montañés, pero no había señales de nadie en el granero. Quiso afinar el oído, buscando algún murmullo que lo orientara en este angustiante momento.

Nada.

Sólo su agitada respiración rompía el silencio dentro del granero.

Trató de calmarse. El intenso dolor de la cabeza lo volvía a excitar y caía nuevamente en desesperación. No tenía noción del tiempo. Soltó un grito lo más fuerte que pudo, pero la cinta amortiguó todo el sonido. Su respiración se hizo muy agitada y profunda lo que empezó a marearlo.

Daniel estaba cayendo en la embriaguez de la hiperventilación cuando fue despertado de inmediato por algo que puso sus sentidos en agudeza extrema.

Los ladridos de varios perros se escucharon tras la puerta del granero, haciéndose cada vez más fuertes y siniestros. Combinando sonidos agudos y ahogados. Ladridos y gruñidos intensos y a la vez sordos.

Fijó los ojos en el candado y en la cadena que cerraban su prisión. Todo el cuerpo le temblaba y cuanto más intensos eran los sonidos de los canes, más intensa de hacía su respiración.

Finalmente, la puerta del granero se abrió y pudo oír con toda claridad los intimidantes sonidos de las bestias. La anciana que había visto anteriormente entró de forma lenta, arrastrando ambos pies para tantear el suelo, sacó una llave del bolsillo de la roída bata que llevaba puesta y llegó a la puerta de la jaula. Con la mirada perdida y las manos temblorosas, tomó la cadena y la recorrió hasta llegar al candado.

El chasquido del candado al abrirse fue tan intenso que rompió el trance en el que Daniel se encontraba.

La anciana abrió la puerta de la jaula y dejó colgando la cadena y el candado. Se aproximó directamente a su prisionero con pasos muy cortos y arrastrados. Él no se movió ni hizo sonido alguno. Una vez frente a frente, la anciana acercó sus manos a la cabeza de Daniel y tiró de su pelo con fuerza.

Daniel permaneció en silencio inmóvil.

La anciana acercó su cara a la de Daniel y clavó sus ojos ciegos en los de él tratando de descubrir si estaba consciente o no. Al no tener respuesta, sonrió. Dio media vuelta y se dirigió hacia la puerta del granero, dejando atrás la jaula abierta.

La mente de Daniel daba mil vueltas, no sabía por qué se había quedado mudo e inmóvil, pero al oír nuevamente ladrar a los perros intentó nuevamente gritar ahogadamente a través de la cinta.

Un instante después, tres perros atigrados, entraron por la puerta del granero jalando a la anciana que llevaba con dificultad las correas. Apenas pudo cerrar la puerta tras de sí.

Los perros no eran muy grandes, tenían hocicos chatos y actitud furiosa y frenética, se abalanzaron hacia la jaula donde estaba Daniel y éste se agitó y sacudió con terror. El miedo se toda su vida no se comparaba con ese instante de horror y parecía que los perros lo sabían.

Uno de los perros traía un bozal, lo que hacía que el ladrido fuera algo apagado, esto era lo que Daniel no había podido identificar anteriormente.

Aunque los otros perros ladraban de forma sonora, no fue sino hasta que la anciana retiró el bozal que los ladridos se hicieron ensordecedores. El perro que había traído el bozal se mostró más agresivo que los otros y empezó a salivar de manera profusa. Sus movimientos eran violentos, aún más cuando clavó sus endemoniados ojos en el asustado hombrecillo semidesnudo que estaba recargado en los barrotes al fondo de la jaula.

Entonces los tres perros se volvieron locos, violentos y voraces. Habían percibido en el aire el olor de la orina que corría por los muslos de Daniel.

La anciana casi no podía controlarlos, estaban enloquecidos. Los tres tenían marcas en sus cuerpos que parecían quemaduras o latigazos.

Dentro de su horror, Daniel vio ningún perro tenía ni orejas ni cola, sólo muñones que daban la impresión de haber sido arrancadas.

☐

5

En la puerta del granero los tres monstruos parecían salirse de control, pero la mujer tenía la increíble fuerza para sostenerlos, por lo menos momentáneamente.

Daniel se quedó helado por estar frente a su más grande miedo. Parpadeó un par de veces y cambió la mirada que tenía sobre los perros hacia la puerta abierta de la jaula. Los ladridos eran tan intensos que podían cubrir cualquier otro sonido.

Eran casi seis metros de la puerta del granero a la jaula y otros tres hacia donde se encontraba Daniel. En su mente, por un segundo cruzó la idea de escapar. Tendría que a ganarle a los perros que no le quitaban la vista de encima.

Dudó en moverse. El corazón le latía intensamente. El ladrido del perro más agresivo sobresalía de los otros dos e hizo las veces de disparo de salida en la carrera por salvar su vida.

Se arrojó hacia adelante y aterrizó con el rostro en el suelo. Se escuchó un crujir en su nariz y la sangre brotó de ella dificultando aún más su respiración, pero la descarga de adrenalina era tal que no se detuvo ni un segundo. Se giró hasta quedar de espaldas y empujándose con las piernas se deslizó hasta la salida de la jaula aprovechado lo mojado del piso.

Los perros vieron al hombre en calzoncillos deslizarse fuera de la jaula, lo que los enfureció y empezaron a ir hacia él, obligando a la anciana a caminar hacia la derecha, siguiendo el rastro de sangre y orina.

La anciana sin notar lo que pasaba luchaba para dirigir a los perros hacia el interior de la jaula lo que hizo que, sin notarlo, la llave se le cayera al suelo.

Para Daniel sólo fueron unos segundos, pero el roce de su espalda con el cemento fue muy intenso.

La anciana logró entrar en la jaula donde convencida de que Daniel seguía adentro y además inconsciente, sin idea de haber perdido la llave del candado. En ese momento Daniel que estaba ya en el extremo del granero, irónicamente cerca de su camioneta, logró aflojar y quitarse la cinta de la boca deslizándola hacia el cuello, e inhaló aire por la boca lo más profundo que pudo, saboreando con desagrado la sangre que aún brotaba de su nariz. Con los dientes empezó a mordisquear frenéticamente la cinta de sus manos hasta liberarse.

Los perros olfateaban y lamían sangre y orina del piso de la jaula, entraron en un estado de frenesí, que hizo a la anciana poco a poco perder el control de ellos. Empezaron a morderse entre ellos y finalmente las correas de soltaron de las manos de la mujer que cayó hacia atrás en un sentón y girando sobre su hombro derecho, cubriéndose de la mezcolanza de sangre y orina.

Simultáneamente con toda la agitación dentro de la jaula, Daniel afuera se liberó de la cinta alrededor de los tobillos y se puso de pie en completo silencio viendo hacia los perros y la anciana.

La mujer intentó levantarse sin decir palabra, olió sus manos cubiertas de los fluidos y mientras trataba de identificar de lo que se trataba, los perros la rodearon olfateándola de manera voraz y agresiva. Manoteaba tratando de alejar a los perros cuando un sonido metálico intempestivo la desconcertó y aumentó notoriamente la furia de los perros.

Daniel cerró la puerta de la jaula con la cadena y el candado y vio como uno a uno los perros empezaban a mordisquear la ropa de la ciega anciana con más fuerza cada vez, haciéndola ver totalmente desvalida ante sus propios perros.

Libre de sus ataduras, Daniel corrió alrededor del granero sin saber realmente que hacer. De un par de saltos llegó a la puerta de su 4x4 esperando poder arrancarla de alguna manera, obviamente sin éxito hasta que finalmente escuchó una voz aún más alta que los ladridos de los perros. Por primera vez escuchó la voz de su captora a través de un grito que precedió muchos más mientras los perros arrancaban pedazos de carne de brazos y piernas de la ahora indefensa mujer.

Semidesnudo, aterrado, empapado en su propia orina y con la nariz sangrante, Daniel se quedó paralizado ante la grotesca escena de la anciana siendo devorada. De repente los gritos cesaron. Daniel se encontraba a unos cinco metros de la puerta del granero, miró una vez más a la jauría consumando su festín en el que él era originalmente la víctima, respiró hondamente e inició la carrera hacia la puerta.

En ese preciso momento que Daniel daba el primer paso hacia la puerta, esta se abrió intempestivamente y él se detuvo de inmediato aterrado viendo al montañés leporino corriendo hacia la puerta de la jaula y sacudiéndola con todas sus fuerzas mientras gritaba:

—"Mamá, mamá"

No había notado a Daniel. En su desesperación volteó en todas y encontró la llave tirada a un metro de la puerta de la jaula. La tomó y al levantar la vista encontró la patética figura de Daniel que seguía ahí. Le arrojó una mirada de odio e intentó abrir el candado, pero sus manos mutiladas se lo dificultaron. Daniel salió corriendo a toda velocidad soltando un alarido de dolor al pisar un clavo en el marco de la puerta del granero. Adentro, el montañés aullaba y gritaba un y otra vez:

—"Mamá, mamá"□

6

El aire frio golpeó a Daniel en la cara, sintiendo la bofetada que necesitaba para iniciar la carrera hacia su libertad.

Estaba lloviznando y todo alrededor fuera del granero parecía totalmente extraño a él. Deseó haber puesto más atención cuando había entrado, pero no ya no importaba. No sólo era el deseo de sobrevivir lo que lo empujaba, sino también alejarse lo más que pudiera de los horribles gritos gangosos del leporino y de los ladridos de los perros. Los malditos perros.

Hundió los pies en el lodo e inició la carrera a través del campo lleno de chatarra. Sentía la cabeza estallar, pero eso parecía que le inyectaba cierta energía que jamás había conocida. Se enredó con un alambre hundido en el lodo y volvió a caer. En esta ocasión sólo fue un bocado de lodo la consecuencia sufrida. Se puso de pie escupiendo el lodo y continuó la carrera. Al parecer la adrenalina afinó sus sentidos y no se detenía a mirar nada, sus ojos estaban fijos hacia adelante y tras de él sólo escuchó lo que parecía un disparo de escopeta. De inmediato supo que la cacería comenzaba y que él era la presa.

Atrás, los perros salieron por la puerta del granero, aún con el hocico sangrante y se lanzaron al lodo con toda velocidad y furia. El leporino permaneció unos minutos afuera del granero y regresó al interior con la escopeta aun humeando. Los perros olfatearon el lodo, pero no avanzaron hacia ninguna dirección. Al parecer la lluvia había confundido el rastro de su presa, pero igual se internaron en la arbolada que dividía la propiedad de la casa con la orilla del río.

Daniel sin saberlo estaba corriendo desesperadamente en la dirección contraria a los perros, alejándose de ellos, pero con la sensación de tenerlos justamente tras de sí. Aún traía la cinta metálica alrededor del cuello. Se detuvo un segundo tras un árbol a arrancarla y la dejó ahí mismo tal como lo había visto en un programa de televisión, para disuadir a sus cazadores que en realidad estaban ya muy lejos de él.

Sus agudizados sentidos lo llevaron a seguir el sonido del río. Sabía que al cruzarlo podría considerarse realmente libre.

La lluvia diluía el profuso sangrado de la nariz, que ahora hacía que la sangre cubriera todo su cuerpo, dándole un aspecto espectral y grotesco. Escuchó el río cada vez más fuerte y tras una serie de matorrales y arbustos la orilla finalmente apareció. Tuvo que dar un salto de poco más de un metro de altura para aterrizar en una parte poco profunda con lecho rocoso, que lastimó nuevamente el pie herido por el clavo a la salida del granero. Soltó un grito de dolor que de inmediato trató de sofocar colocando ambas manos sobre su boca.

Por primera vez desde que inició el escape tuvo conciencia de la temperatura que seguía bajando. Sólo lo cubrían sus calzoncillos blancos, ahora teñidos de sangre. Temblaba violentamente, pero seguía avanzando con toda determinación.

Se adentró poco a poco en el agua helada, apretó los dientes y lloró de coraje. Se movió en dirección a la corriente, sin separarse de la orilla, buscando algún grupo de rocas que le permitiera cruzar. Aunque había media luna, el cielo permanecía nublado y la visibilidad era muy reducida. Vio una roca grande y poco más adelante otras más y decidió trepar para poder cruzar pues el agua ya le llegaba a la mitad de los muslos. Justo antes de trepar la primera roca fue succionado completamente bajo el agua y arrastrado cerca de doscientos metros lastimándose las rodillas y los codos hasta que se sujetó a una roca y la trepó con gran dificultad.

Temblando fue saltando rocas y a pocos metros de la otra orilla pisó una roca con superficie lamosa y resbaló cayendo de lado sobre la roca y se lastimó fuertemente la cadera de lado izquierdo y la parte baja de la espalda. Por primera vez lloró realmente, lloró al tratar de incorporarse y al no lograrlo instintivamente volteó a todos lados buscando tontamente alguien que lo consolase. Finalmente tomó fuerzas y se levantó con gran dolor y cruzó el resto del río con pasos lerdos y con el agua a la altura del ombligo.

Logró cubrir los casi doce metros que medía el río de orilla a orilla y se ayudó de un árbol caído para subir hacia el camino de terracería donde había iniciado toda su pesadilla hacía algunas horas.

De manera lastimosa caminó sobre el espeso lodo del camino con dolor en todo el cuerpo, del que sobresalía el de la cadera y que lo hacía detenerse frecuentemente.

A los pocos metros sus ojos no creían los que veían. La carretera principal cruzaba delante de él. Vio un auto circular no muy rápido y aunque quiso gritar y corre tras de él, su cuerpo no le respondió. Estaba agotado.

Al llegar a la carretera fue el único momento de su huida cuando dudó hacia donde ir. Empezó a caminar en contrasentido. Avanzó unos metros y volteó hacia la entrada del camino encontrando el letrero que por la tarde le había arrancado una sonrisa, pero ya en ese momento le revolvió el estómago.

"Arroyo Kimb"

7

Empezó a caminar de puntas. El dolor de la cadera era cada vez más intenso. Parecía como si todos los autos hubieran desaparecido de pronto. La carretera estaba desierta. Daniel no tenía manera de saber qué hora era.

Poco a poco su sombra empezó a formarse frente a él. Había decidido caminar en contraflujo para no tener nuevamente esta sorpresa, sin embargo, volvía a suceder. Sintió su corazón detenerse y así se detuvo el también, pensando que la pesadilla continuaba.

Estaba agotado, pero apretó los puños con coraje, al igual que la mandíbula y reunió todo su coraje para voltear a ver al vehículo que se había detenido detrás de él. Por un instante esperó encontrar una gorra roja atrás del volante.

—"¿Estás perdido hijo?" preguntó el hombre que había descendido de una camioneta blanca. Al voltear Daniel cubierto completamente de sangre, el hombre desenfundó el arma que traía en la cintura y le apuntó. Daniel estaba confundido, pero apenas notó que la camioneta tenía en el techo luces intermitentes rojo y azul.

La patrulla de la policía estatal iluminaba a los dos hombres. El maduro patrullero avanzaba con precaución, totalmente sorprendido de ver a Daniel en calzoncillos y totalmente cubierto de sangre.

Daniel permaneció inmóvil, con la mirada perdida. Tardó en identificar al policía hasta que este estaba frente a él.

—"¿Estás bien?" insistió el policía completamente sorprendido, pero sin bajar el arma.

Daniel quiso articular alguna palabra, pero no pudo. Las piernas perdieron fuerza y cayó al suelo. El policía enfundó su revolver y se acercó rápidamente a él.

—"¿Cómo te llamas? ¿Qué te pasó?" preguntó insistentemente sin obtener más respuesta que la suplicante y vulnerable mirada de Daniel. Vio las heridas sangrantes y le pidió que esperara un momento. Fue corriendo a su patrulla y regresó con una manta que puso sobre los hombros de Daniel y lo ayudó a levantarse.

Ambos hombres caminaron hacia la patrulla, mientras el policía insistía en hacer preguntas sin éxito. Daniel seguía en shock.

—"Todo estará bien" fue lo único que dijo el policía que pudo hacer que Daniel saliera del trance. La radio sonaba continuamente con una mezcla de palabras y zumbidos hasta que el policía tomó el aparato y reportó el hallazgo, solicitando apoyo policial y una ambulancia.

En ese momento Daniel empezó a agitarse y rompió en llanto. El policía puso su brazo alrededor suyo.

—"Tranquilo. Soy el oficial Birten" dijo el veterano policía.

—"Me llamo Daniel Martin" tartamudeó. "Los perros. Me iban a matar"

—"¿Qué perros? ¿Quiénes querían matarte?" preguntó Birten aprovechando el inicio de la conversación, tratando de empezar a hilar la información para comprender lo que había sucedido, pero Daniel no habló más.

En pocos minutos llegó la ambulancia y otra patrulla. Daniel fue subido a la ambulancia y una joven policía lo acompañó, tratando igualmente de interrogarlo camino al hospital municipal.

—"Dígame lo sucedido por favor" "¿Qué paso?"

Daniel no contestó y cerró los ojos. En pocos minutos llegaron al hospital municipal y fue admitido directamente a urgencias. Seguía sin decir palabra alguna. Se sentía aturdido por la cantidad de gente alrededor suyo. Nunca había estado dentro de un hospital como paciente y pensó que nada de lo que estaba viendo se parecía a lo que alguna vez vio por televisión. Lo llevaron a varias áreas para revisión y realización de estudios, finalmente se quedó en un área de observación sobre una camilla. Cerró los ojos y cayó profundamente dormido.

Una hora más tarde, Birten llegó al hospital.

□

8

El oficial Birten platicaba con la Dra. Caletti quién había atendido a Daniel en el área de urgencias. Caletti era médico residente de último año y jefa de la guardia. Se veía agotada por el turno, su pelo alborotado, rubio y sus anteojos desalineados evidenciaban lo movido de la guardia.

—"Herida cortante en la parte posterior de la cabeza de cuatro centímetros, nariz fracturada, tres costillas fracturadas, contusión lumbar, múltiples laceraciones en rodillas y pies y herida perforante de dos centímetros en pie derecho" rindió el reporte la Dra. Caletti.

—"Pobre diablo" exclamó con lástima Birten.

—"Pero con mucha suerte" contestó la doctora.

—"¿Puedo verlo?" preguntó Birten con los ojos notablemente cansados. Eran pasadas las 3 a.m.

—"Falta aún que pase a resonancia magnética de cráneo por el fuerte golpe en la parte posterior de la cabeza"

—"Dejaré a la oficial Lara fuera de la habitación del Sr. Martin hasta mañana. Espero que no le moleste" dijo Birten

—"En lo absoluto oficial, siempre y cuando no entorpezca nuestro trabajo y no sea molesto para los demás pacientes" replicó de forma respetuosa, pero con seriedad la Dra. Caletti. "De cualquier modo, no creo que represente algún peligro, está bastante lastimado"

—"Comprenda doctora, tenemos que averiguar qué pasó realmente. En principio no sabemos en qué se metió o siga metido este tipo. En los casi veinte años que llevo en este trabajo he visto de todo. Mejor vayámonos con calma" replico autoritario el veterano policía a la joven médico.

—"Como guste oficial"

La doctora tomó un par de carpetas de expedientes y se dirigió a encontrarse con la oficial Lara fuera del área de resonancia magnética para acompañar a Daniel durante el estudio.

Después de una media hora, Daniel salió en silla de ruedas cubierto con vendajes en la cara y la cabeza y con una bomba de infusión con varias soluciones y medicamentos, siendo empujado por un corpulento camillero.

—"Señor Martin. Espero me recuerde. Soy la oficial Lara, su custodio del Departamento de Policía, le acompañé en la ambulancia" le dijo la oficial a Daniel con tono firme y profesional, pero con mirada compasiva.

Daniel no tenía recuerdo de haberla visto en la ambulancia.

Llegaron a la habitación y con mucha dificultad Daniel pudo acostarse en la cama por el dolor en la cadera. El camillero después de prácticamente t cargarlo salió de la habitación con una sincera y compasiva sonrisa.

—"Señor Martin" empezó la policía sacando una libreta y una pluma de su uniforme.

—"Daniel por favor" interrumpió éste, casi susurrando.

—"Es muy importante que me cuente todo lo que pueda recordar de lo sucedido esta noche, para iniciar cuanto antes las investigaciones pertinentes. A menos que se encuentre muy..."

—"En lo absoluto" la interrumpió vivamente Daniel. "Creo que es mejor que lo hagamos de una vez. Estoy seguro de que, si me duermo, no despertaré en mucho tiempo"

El interrogatorio duró unos veinte minutos. Daniel relató todo lo sucedido con gran detalle y sin pausas, haciendo difícil que la oficial lo siguiera y anotara todo.

En cuanto terminó de escribir, la policía alcanzó sus esposas para sujetar a Daniel a la cama -pues era el procedimiento policial habitual- cuando se percató que éste estaba profundamente dormido. Sintió mucha pena por él. No dudaba ni un segundo de su declaración, pero era necesario conducir la investigación.

Se levantó y aseguró un extremo de las esposas a la cama y el otro a la muñeca derecha del agotado hombre que no se percató de la sujeción.

"Es el procedimiento" susurró con pena Lara, aunque sabía que Daniel no la oía, pues dormía pesadamente. Tomó su sombrero y después de ponérselo salió del cuarto y entregó sus anotaciones a Birten quién después de oír el relato le dio instrucciones y salió del hospital apresurado.

Lara regresó a la puerta de la habitación y colocó una silla que había tomado de la sala de espera, a un lado. Sacó su teléfono móvil y empezó a jugar una partida de solitario electrónico con él, mientras, dentro de la habitación los ronquidos de Daniel eran fuertes. Muy fuertes.

9

—"Encontramos tu camioneta" Birten dijo alto y exaltado abriendo de golpe la puerta del cuarto de Daniel.

Eran más de las 2 p.m. y Daniel seguía profundamente dormido. Atrás de Birten, que estaba apenado por su fallida entrada dramática, entraron la enfermera de turno y la oficial Lara.

Aún con Daniel durmiendo, Lara retiró las esposas por orden de Birten. La enfermera checaba los signos vitales.

—"¿Qué clase se sedante le dieron?" preguntó Birten socarrón.

—"Ninguno" respondió de inmediato, seria, la enfermera con cara de reproche, mientras anotaba los signos vitales en el expediente. "Ha dormido todo este tiempo por el trauma. Tenga delicadeza al despertarlo" concluyó.

Birten miró a Lara y con un gesto le indicó que despertara a Daniel.

—"Daniel, soy la oficial Lara" le dijo con voz algo alta, sacudiéndolo un poco.

Daniel entreabrió los ojos y al ver a Birten se sobresaltó de tal manera que de inmediato se sentó rápidamente en la cama de un solo movimiento.

—"Daniel, encontramos tu camioneta y corroboramos tu historia. Bueno más o menos" dijo Birten y se sentó en la cama con el sombrero en las manos.

—"¿Qué quiere decir con más o menos?" le contestó el hombrecito, clavándole los ojos al policía con temor. "Yo sé lo que viví. No estoy mintiendo"

—"Lo sé Daniel, tranquilízate" dijo Birten suavemente tomándolo del hombro.

Daniel se tumbó mirando el techo, haciendo una mueca por el dolor que le producía la almohada en la cabeza.

—"Nos internamos en el bosque siguiendo el arroyo Kimb y encontramos la casa que describiste" Dijo Birten levantándose. "No fue difícil, pues la casa estaba en llamas cuando llegamos" continuó. "Los bomberos ya habían recibido el reporte y apenas lograron apagar el fuego. Dentro encontramos calcinados los cuerpos de tres perros y el de una mujer con datos de heridas profundas. Cerca de la puerta de atrás había un depósito también con huesos aparentemente humanos" concluyó.

—"El granero. ¿Vieron el granero?" preguntó Daniel visiblemente alterado, levantándose y tocándose el vendaje de la nariz. "¿Alguna señal del tipo sin dedos?" insistió.

—"Tal como lo describiste. El granero no fue incendiado" dijo Birten. "Las cañas, las bolsas, la jaula y todo lo demás" continuó.

—"Todos los vehículos del patio tienen reporte de robo o están relacionados con casos de desaparición" interrumpió Lara.

—"También estaba ahí mi 4x4, la vieron. ¿No es así?" preguntó casi gritando, muy excitado Daniel, abriendo mucho los ojos y casi jadeando.

Birten y Lara se voltearon a ver y luego de una pequeña pausa Lara dio un paso al frente, acercándose a Daniel diciéndole:

—"Encontramos tu camioneta en el estacionamiento del hospital hace una hora" Lara respiró profundamente. "Uno de los médicos que entraba de turno la reportó a vigilancia pues estaba con el motor encendido. No sabemos cuánto tiempo llevaba ahí" concluyó la policía.

—"Necesito que estés tranquilo" dijo Birten "Voy a poner un oficial frente a tu cuarto y otro en la puerta del hospital, las veinticuatro horas"

A Daniel se le escurrió una lágrima y se giró sobre su almohada dándoles la espalda a ambos policías.

—"Todas mis unidades están buscando al montañés leporino. Por esta osadía no debe de estar lejos" Birten dijo seriamente.

—"Te protegeremos" Dijo Lara, conmovida por la reacción de Daniel.

Ambos oficiales salieron del cuarto y abandonaron el hospital. Fuera de la habitación un joven policía tomaba asiento para iniciar su guardia.

□

10

Tres días fueron más que suficiente para Daniel, quién a pesar de no estar del todo recuperado decidió pedir su alta voluntaria. A pesar de la insistencia de los médicos y de las autoridades, no quiso notificar a ningún familiar. En realidad, sólo sus padres hubieran acudido, pero vivían en otro estado y pensó que su padre empezaría a darle una infinidad de consejos y todas las "obvias" razones por lo que todo lo sucedido había sido enteramente su culpa y todas las maneras en las que se pudo haber librado de sus captores. Nadie lo podía hacer sentir más estúpido que su padre.

Era más de una hora de camino del hospital municipal al área de la ciudad donde vivía. Pidió que le enviaran la camioneta en una plataforma y él viajó en taxi. Aunque traía un vendaje en la cabeza y otro en la nariz, el taxista no hizo ningún comentario. Daniel sólo pensaba en el dolor de la cadera que aún le molestaba bastante.

—"Estúpido" se dijo cuando menos una docena de veces durante el viaje a casa. La ropa que Birten le consiguió le apretaba bastante, aunque había perdido un par de kilos en el hospital. No le quiso decir nada a Birten por sentirse avergonzado de su sobrepeso. Sin embargo, unas botas que otro oficial le dio le quedaban algo grandes y afortunadamente evitaban el dolor en el pie perforado por el clavo.

Al llegar al apartamento, vio su 4x4 estacionada. No le parecía nada especial ahora. Pensó en culparla por todo lo vivido, pero desechó la idea casi de inmediato. De forma indiferente se dirigió hacia el elevador y dentro de el se dijo en voz alta mirando al suelo:

—"Estúpido"

Suspiró aún con indiferencia y marcó su piso. Deseó no ver al vecino del apartamento frente al suyo para ahorrarse el relato de su magnífica recomendación sobre el arroyo Kimb. Abrió la puerta de su apartamento con la llave que conservaba bajo el tapete de la entrada y la dejó sobre una mesita que tenía en el recibidor. Miró alrededor el orden y limpieza de su hogar y por un segundo dudó si todo lo vivido había sido real o solo un sueño. Un dolor súbito en su nariz le confirmó la realidad. Fue a su habitación a cambiarse de ropa, lo que le fue difícil además de doloroso y frente al espejo vio sus heridas. Apretó la mandíbula con coraje, pero no dijo nada. Aunque aún faltaban dos horas para la siguiente dosis de analgésicos, sacó los frascos de los medicamentos para adelantar la toma.

El teléfono de su casa sonó mientras el se dirigía a la cocina por un vaso de agua. No quería hablar con nadie. Percibió un aroma fétido que venía de la cocina, pero lo ignoró pensando en que había dejado el bote de basura abierto desde el día que salió.

El teléfono seguía sonando y al tratar de contestarlo tiró las píldoras que había sacado del empaque.

—"¿Señor Daniel Martin?" preguntó la voz de un hombre. "Soy el agente Tornel. El oficial Birten me dio este número" continuó "Le llamo para ponerme a sus órdenes. Estoy al tanto de lo sucedido y le reitero el apoyo del departamento de policía."

—"Claro, muchas gracias" dijo Daniel distraído por el fétido aroma que aún no lograba identificar. El agente seguía hablando y Daniel se agachó con gran dificultad a tomar las píldoras que habían caído y las colocó en su boca sin tragarlas.

El policía y Daniel intercambiaron algunos datos y colgaron el teléfono. Daniel se dirigió a la cocina por ese vaso de agua para deglutir las píldoras que ya se empezaban a disolver en la boca con un amargo sabor.

Al abrir la puerta de la cocina lo recibió la insoportable fetidez que había percibido desde el pasillo. Se tragó las píldoras sin agua al ver sorprendido sobre la cubierta de la cocina una bolsa de lona roja. Conforme se acercó lo fetidez aumentó. Su corazón latía con rapidez. Se acercó a la bolsa y la abrió, encontrando una pequeña trucha descompuesta en su interior lo que lo hizo arquear del asco, reconociendo que era su bolsa de pescar.

—"Olvidaste eso en mi casa" dijo una voz gangosa detrás de él.

Daniel volteó y sintió en el cuello las manos mutiladas del montañés que lo había secuestrado. Perdió el equilibrio y manoteando cayó sobre un banco de madera que lo hizo gemir del dolor en la cadera.

El leporino apretó la mandíbula y respiraba pesadamente a través del enorme orificio que tenía en la cara. Siguió ahorcando a Daniel quien manoteaba tirando todo lo que se encontraba en la cubierta; la bolsa, adornos, un set de cuchillos y demás. Daniel pataleaba y golpeaba al montañés en la cara sin hacerle gran daño. Éste azotó a Daniel un par de veces sobre la cubierta de la cocina abriendo las suturas de la cabeza y haciéndolo sangrar. Lo movía en todas direcciones como si fuera un muñeco de trapo.

Daniel trató de tomar uno de los cuchillos que quedaban sobre la cubierta y el leporino sin soltarle el cuello con la mano izquierda, lo golpeó con la derecha en la nariz haciéndolo gritar del dolor. Lo tomó nuevamente con ambas manos y lo azotó en el suelo.

Daniel jadeaba por aire con la cara hacia el suelo. El leporino ahora sonreía con su desfigurado rostro y tomó el cuchillo que Daniel había tratado de tomar hacía unos segundos.

—"Voy a tomarme mi tiempo" dijo el grotesco leporino con su horrible voz mientras se acercaba a Daniel quién seguía en el suelo tratando de respirar.

Justo en el momento en que el montañés se inclinaba y sujetaba el hombro de Daniel para levantarlo, éste tomó una chaira de afilar del suelo y la hundió con toda su fuerza en el asqueroso orificio del rostro del montañés hacia arriba alcanzando su cerebro.

El desfigurado montañés no emitió sonido alguno. Soltó a Daniel y caminó un paso hacia atrás con los ojos fijos en su víctima.

Soltó el cuchillo y se desplomo hacia adelante sobre el asustado Daniel.

El rechoncho hombrecillo agotado y sangrando, empujó a su atacante a un lado, cayendo este en el suelo. Con dificultad y temblando, caminó hacia el pasillo y tomó el teléfono.

—"Agente Tornel, necesito que venga de inmediato" dijo Daniel con la voz rasposa y tocándose el muy dolorido cuello.

—"Por supuesto. ¿Ocurre algo?" preguntó sorprendido el agente por el poco tiempo que había pasado desde su llamada anterior.

—"Me trajeron mi bolsa de pescar" Respiró pesadamente Daniel.

—"¿De qué está hablando? Insistió Tornel.

— "Por favor no tarde" Daniel colgó y tiró el teléfono.

OTROS TÍTULOS DEL AUTOR

- Sala de Labor (novela)
- Nacimiento Personalizado
- Ser Obstetra
- Tarde de Pesca
- Vámonos al Hospital
- Entretiempos para niños

Disponibles en plataformas y amazon.com

Contacto: dr.cglm@yahoo.com

Twitter: @claudiomgongora

Instagram: claudiomcgon

www.claudiomgongora.wordpress.com

Tabla de contenido